GIOVANNI ALLEVI

In viaggio con la Strega

18/03/09
Per assecondare
il tuo amore
per la musica...
Ti Amo
Veronica

Rizzoli

ISBN 978-88-17-02734-2

Prima edizione: novembre 2008

Foto: Imagoarts
Emanuele Bastoni - Filippo Silvestris
Progetto grafico: Viola Damiani

Evolution

Piccolo, fragile, indifeso

20 maggio 2008, ore 17:43.
Mi inginocchio sulle mattonelle della cucina, davanti alla finestra, con gli occhi rivolti in basso.
«Dio onnipotente,
affido a Te la mia anima.
Scaccia via dal mio cuore
tutti i pensieri e le paure,
e rendilo libero di amare.»
Dal petto nasce un sussulto, quasi inaspettato, e subito mi assale lo spasmo di un pianto dirotto, mentre la mia mano sinistra è appoggiata allo spigolo del tavolo. Lo stringo come stringo quello del pianoforte quando ricevo un applauso.
Un pianto secco, senza lacrime, come vomito senza sostanza.

Se ne sono accorti che qualcosa non andava. Già in questi ultimi concerti di pianoforte solo, mentre firmo gli autografi alla fine dei concerti, mi sono permesso di chiedere alle persone: «Come va? Come stai?». Non a tutte, solo a quelle il cui sguardo era specchio del mio: una porta verso l'abisso.

«Bene, bene... Va tutto bene, specialmente ora» mi rispondevano per pudore, col sorriso sorpreso.

Invoco Dio da quando sono caduto nel buio, da quando mille paure hanno preso il sopravvento.

Che qualcuno voglia farmi del male, che il mio successo possa scatenare invidie, che l'amore spontaneo del pubblico possa cambiare direzione per un banalissimo motivo, che si scateni contro di me un'ossessione soffocante e morbosa.

Ma anche che la mia salute non mi assista. Io so solo suonare il pianoforte e comporre musica, nient'altro. Cosa potrei fare altrimenti?

Quando sei al centro dell'attenzione, diventi un bersaglio facile. Ogni parola che dici si fa pesante, nulla ti è perdonato.

Il fiato si fa corto, un'ansia insistente si appropria

del mio cuore, e inizio a temere ogni telecamera che mi viene puntata addosso. Così non respiro.
Solo quando suono il pianoforte, non so per quale miracolo, il buio mi abbandona, e io parlo con gli angeli. Solo lì respiro. Solo in quel momento capisco la ragione profonda che mi ha portato a scegliere questa esistenza e non un'altra.
E l'essere umano, l'altro, torna a essere davvero un fratello, a cui regalare un abbraccio e un sorriso. Forse esagerando, ho iniziato a pensare che il concerto è per me un'isola felice, il momento fugace della salvezza, della preghiera, al riparo dalle paure. È folle, considerando quanto è difficile suonare il pianoforte.

Al momento degli autografi, ho cominciato ad arricchire il mio repertorio di domande.
Oltre al discreto «Come stai?», capita anche che chieda: «Ma secondo te, io divento matto così? Dimmi la verità, ti sembro normale? Posso continuare questa vita ancora per anni?». Le persone, soprattutto le donne, sono molto attente e profonde,

e capiscono al volo. Mi rispondono che la pazzia è l'esatto contrario: è essere immobili nelle proprie certezze, restare fissi in un ruolo, non domandarsi più nulla, non provare più emozioni. Questa è la morte anticipata. Mi rassicurano e arrivano a dirmi che secondo loro io sono una delle persone più vive che abbiano mai incontrato.

«Venitemi a trovare all'ospedale psichiatrico tra qualche anno» rispondo sorridendo, un po' confortato dalla loro comprensione.

Sono fortunato, lo capisco, perché con il pretesto degli autografi, posso parlare con le persone e interrogarle sul senso della vita. Non lo faccio proprio con tutti, in realtà: solo con quelli nei cui occhi brilla l'abisso. Ma prima di vincere il mio pudore e confrontarmi con la gente, cerco risposte su Google. Ricerca parole chiave: ansia, panico, pensieri ricorrenti. Scopro di essere malato e che milioni di persone come me sono schiave di pensieri negativi, accompagnati da ansia e panico. Ma questo, in fondo, lo sapevo già. Vado oltre e nelle parole chiave digito: «Abbandono a Dio le mie sofferenze».

Scopro siti di meditazione, pagine web che raccolgono preghiere a Dio di tutti i tempi. Il messaggio è sempre lo stesso, quello che anch'io ho cercato nella mia invocazione. L'idea di lasciare totalmente le redini della nostra esistenza a Colui che ne è il primo artefice.
Io sono piccolo, fragile, indifeso. Posso sbagliare, commettere errori, anche per ingenuità, leggerezza. Allora, prendo tutto me stesso e mi abbandono all'universale fluire delle cose, perché in fondo sono solo un minuscolo granello dell'universo. Affido a Dio queste mie paure. E se davanti alla sua onnipotenza, riesco a riconoscere la mia infinita piccolezza, cosa mai può essere la mia ansia, o la mia paura del futuro, cosa potrà mai farmi la sofferenza?
L'altro ieri, alle 17:43, in ginocchio in cucina, ho incontrato Dio, a trentanove anni. E se non fosse stato per la mia inquietudine, non avrei saputo cercarlo. Da quando ho pianto, mentre lo invocavo, sembra davvero che mi abbia ascoltato. Ieri sera ho tenuto il mio concerto e l'ho vissuto come un momento sacro. Ho firmato gli autografi e ho chiesto alle

persone di proteggermi. Stamattina mentre mi accompagnava alla stazione, la ragazza dell'organizzazione mi ha domandato come mi era sembrato. Ho risposto così: «Parte dell'auditorium non applaudiva, in un gesto di sfida che ormai conosco molto bene, ma io ho parlato con gli angeli, e l'altra metà con me».

L'orchestra

Torno a scrivere dopo mesi di apnea.
Sì, ho registrato il mio album con orchestra sinfonica: *Evolution*.
Vorrei parlarne in assoluta libertà, senza dare un ordine cronologico ai pensieri. In fondo ciò che è passato non c'è più, se non nella mia labile memoria. E siccome io ricordo soprattutto ciò che mi emoziona, parto da un rimprovero che mi è stato mosso da uno strumentista: «Giovanni, scusa se mi permetto, ma in un'intervista televisiva ci hai chiamato "orchestrali". Noi siamo "professori d'orchestra", nel nostro ambiente "orchestrali" è un termine dispregiativo. Ti prego di ricordarlo nelle prossime occasioni, va bene Giovanni?».
«Se la mettiamo così» gli rispondo sorridendo

«dovresti ricordarti di chiamarmi "Maestro". Va bene professore d'orchestra?»
Ma in fondo so cosa voleva dire. Quando si fanno cose importanti, la tensione nell'aria è alta e palpabile, ci si fonde, ci si scopre, ci si giudica. Non esiste più alcun riparo. Ecco cosa significa essere musicista: uscire dal ruolo, esporsi. Catapultarsi ogni volta in una dimensione nuova, in cui si è totalmente immersi nel presente, mentre i pensieri sul passato e sul futuro sono momentaneamente cancellati. Sarà per questo che ci si ostina a suonare, a salire su un palco? Per ritrovare un contatto con la nostra natura più profonda? Anche se il rischio è alto, e non c'è sicurezza? Stregato dal primo applauso, non puoi più farne a meno.
Ora che ci penso, l'intervista l'ho pure riguardata, e avevo usato il termine «strumentisti», non «orchestrali». Le nostre ombre tornano a inquinare il presente. Il problema che si ripresenta costantemente nella mia storia è che mi si vede così, in jeans e felpa, con le scarpe da tennis, sorridente e timido, e spesso non si intuisce l'autorità che c'è dietro questo mio

modo di essere, non si vedono gli anni di studi, di sacrifici.
Ecco, allora datemi una bacchetta da direttore d'orchestra, mettetemi davanti quaranta bravissimi professori, provenienti dalle più importanti orchestre italiane, e accendete i microfoni per registrare un disco. Non so come ho fatto, non so per quale misterioso motivo, dopo il primo quarto d'ora avevo la sensazione di tenerli in pugno. Non è stato facile, non credevo di avere l'attitudine «al comando» necessaria a un direttore. Eppure i musicisti che avevo davanti hanno mostrato subito attenzione, prima di tutto per la partitura scritta, cioè per le note che la mia mente aveva elaborato, e poi per i miei vent'anni di studio accademico. All'inizio mi sono sentito in soggezione, esposto al loro giudizio, ma è bastato fare «un giro» insieme per capovolgere addirittura la situazione.
Ho iniziato a percepire, da parte loro, il rispetto reverenziale per l'autorità del compositore, la preoccupazione di suonare bene ciò che avevo scritto e, dentro di me, la gioia di poter ascoltare la mia musica eseguita da persone di grande talento. Se la mia

volontà di compositore, impressa sulla carta, non si discute, al musicista resta lo «spazio d'azione» dell'interpretazione, dove ogni passaggio musicale può essere eseguito in un'infinità di modi differenti, a seconda all'attitudine e della volontà dell'esecutore. Insomma, ciò che da lontano mi sembrava un ostacolo insormontabile, dall'interno si è rivelato un lavoro entusiasmante: i sacrifici, la preparazione, lo studio di una vita di tutti noi, al servizio della gioia creativa di suonare.

A quel punto è scattato un innamoramento reciproco che non ci ha mai più abbandonato.
Mi sono rivisto nelle riprese video: avevo un altro sguardo, gli occhi di chi è profondamente convinto di ciò che fa, di chi per un attimo sente di essere nel posto giusto. Forse è questo ciò che veramente conta. E insieme al curriculum, alla preparazione e al ruolo, alla storia e ai numeri, è lo sguardo convinto, l'intenzione travolgente a conferire autorità ai nostri gesti.

Può farmi male?

Per capire da dove nasce *Evolution* devo fare un grande balzo indietro nel tempo.
È il 2001. Mi sono appena diplomato in composizione e vengo convocato nella band di Jovanotti per registrare il suo disco come pianista e tastierista. Non mi sembra vero.
Negli ultimi tre anni il conservatorio di Milano ha fatto di me un perfetto strutturalista di Darmstadt, uno scienziato della composizione, uno che non mette giù una nota se non ci sono prima mille motivazioni logico-matematiche, e io credo fermamente in questa impostazione concettuale. Non solo! Non importa che la musica sia eseguita o eseguibile, ma ciò che conta è l'eleganza formale della partitura scritta. Sono anche un maniaco della calligrafia

musicale: ho sempre con me una matita micromina HB 0,9 mm, una gomma e un piccolo righello di legno con cui traccio le asticelle e le zampette delle crome e delle semicrome.
Divido persino la battuta in quattro parti uguali per dare alle note una perfetta disposizione spaziale.
Mi aspettano invece diversi mesi di lavoro, dove non si scrive nulla e ciò che viene eseguito conta eccome!

Sono stremato fisicamente dall'esame di diploma in composizione, con i suoi tre compiti scritti in clausura, in cui vieni rinchiuso a chiave per trentasei ore dentro una stanza. Ti perquisiscono all'entrata e puoi andare in bagno solo accompagnato. C'è una brandina per dormire, ma tanto non ti servirà, perché lo scritto è talmente complesso da richiedere tutto il tempo a disposizione. La trafila si ripete uguale per tre volte, anche se per fortuna il terzo esame prevede solo diciotto ore. Righello, matita micromina, gomma e basta. Ho quasi le piaghe da decubito. Alla terza clausura mi accorgo di avere le ferite sotto i gomiti e siccome non riesco ad appog-

giarli bene sul tavolo, irrigidisco i muscoli delle spalle mentre scrivo, e arrivano puntuali le contratture. Il diploma in composizione! Non credo esista qualcosa di simile, neanche in ambito universitario. Dieci lunghissimi anni per arrivare a questo esame. Nella stanza vicino alla mia, c'è una ragazza non vedente che affronta la stessa prova. La sua forza e la sua determinazione sono ammirevoli: scrive la musica con un sistema braille. Dopo l'orale l'ho sentita piangere disperata mentre il suo insegnante, anziché consolarla, continuava a dirle: «Tutti ci aspettavamo da te un grande risultato, come hai potuto fare uno scritto così? Pensavo che tu fossi un'abile contrappuntista...».
Cosa può esserci nella mente compositiva di una ragazza non vedente? Chissà come sente e pensa la musica. E chissà come risuonano false e vuote per lei le parole sprezzanti del suo insegnante.

Proprio il giorno dopo l'orale sono convocato nella band di Jovanotti. Una metamorfosi eccezionale: il passaggio brusco e repentino dalla classica al pop, il

salto dall'accademismo più esasperato, dalla musica in quanto scienza, ai meccanismi radiofonici, televisivi, discografici. Può farmi male?
Nonostante il dubbio, in quel momento mi sento un eroe: sono sopravvissuto a tutte quelle prove disumane e con il mio pezzo di carta, che forse non mi servirà a nulla, ho acquisito formalmente il titolo di Maestro, così come il laureato è Dottore. Ho ancora i cerotti sui gomiti, segni tangibili della mia impresa. Gli altri della band mi vedono come un extraterrestre, un topo di biblioteca, pur essendo il massimo esperto musicale, almeno in teoria. Ma non ho esperienza sul campo, questa è la mia colpa ai loro occhi. Il mio atteggiamento umile mi rende comunque simpatico, fino all'inevitabile disastro a cena, proprio il primo giorno. Nella band conta soprattutto quanto appari «figo», e più lo sei più credono che tu sappia suonare. Importa quanto sembri sicuro di te. Quando ci si incontra, sono tutte pacche sulle spalle, risatine e ammicchi, meglio se dietro un paio di occhiali da sole. Io sono miope e ho solo i miei fondi di bottiglia.

«Allora Allevi» mi chiamano per cognome come a scuola «lo sai che dovrai improvvisare? E se non sarai bravo, chiamiamo Chick Corea» mi chiedono durante quella famigerata cena. Noto una punta di superbia nella battuta, come per dire che avrebbero avuto la possibilità di chiamare davvero Chick Corea (per me il genio assoluto del jazz contemporaneo) a improvvisare in una loro canzone. Sono a capotavola, tutti mi guardano e aspettano la risposta a quella che, non immaginavo, era una provocazione. Avrei dovuto rispondere: «Allora spero di sbagliare, così potrò finalmente incontrare Chick Corea, il mio mito».
E invece no, non ho risposto così, e sai perché? Perché Chick Corea è stato davvero il mio mito, a tal punto che conosco a memoria tutti i suoi dischi e quando avevo sedici anni ho imparato a orecchio le sue improvvisazioni più belle.
Rispondo, malauguratamente, con tutta la mia ingenuità: «Se c'è bisogno di un'improvvisazione alla Chick Corea, basta chiedere...». In fondo ora sono anche uno scienziato della musica. È scritto sul pezzo di carta, no?

Non l'avessi detto. Nella tavolata tutti si incupiscono, sembra un consiglio di anziani che borbottano per discutere di un'imminente battaglia. Iniziano a turno la predica: «Ma come ti permetti! Lo sai chi è Chick Corea?», oppure «Eccolo, è arrivato il professore», «Sentiamola questa improvvisazione alla Corea, sentiamola», «Ma guarda questi del conservatorio, tutti uguali». Mi massacrano. Sembra che non aspettassero altro da anni, come se finalmente potessero sfogare il rancore e il risentimento nei confronti di chi studia anni dentro l'Accademia. Io sono solo il pretesto e li guardo impotente dietro ai miei occhiali spessi.
Per il resto della cena non dico una parola. Non parlo più neppure nei sei mesi successivi, tanto dura la registrazione del disco, e più mi estraneo, più sono oggetto dei loro attacchi. Queste dinamiche «da caserma», dove loro sono i «nonni» e io l'ultimo arrivato, si scatenano sempre quando Lorenzo non c'è. Vai a capire perché, ma dove c'è un gruppo, tutti finiscono per prendersela col più fragile, scelto all'unanimità come il bersaglio comune. A pranzo e

a cena continuano a osservarmi, ogni volta. Si parla solo di me: «Guarda quanto mangia Allevi. Guarda come mangia. Hai visto che Allevi tiene ferma con le dita la fetta di pomodoro della bruschetta? Allora, ce l'hai la fidanzata? Ma che maglietta ha Allevi? Allevi, hai studiato oggi? Sei andato a messa? Allevi, parlaci del canto gregoriano».
Fino al giorno del secondo disastro.

Il quartetto

Cosa c'entra *Evolution*? Ancora un po' di pazienza. Tra i membri della band c'è un ragazzo brasiliano, un percussionista straordinario, di nome Peu. Anche tutti gli altri sono musicisti di grande talento ed esperienza, altrimenti non sarebbero lì, ma lui è l'unico che non dice niente contro di me, forse semplicemente perché non parla italiano. Probabilmente se conoscesse meglio la nostra lingua, sarebbe costretto a prendermi in giro pur di conformarsi al gruppo.

Peu scrive anche canzoni che accompagna alla chitarra e c'è nell'aria l'ipotesi di registrare un suo disco, approfittando della nostra presenza. Sono cinque anni che io aspetto di pubblicare il secondo album, ma so che è un'impresa impossibile, perché il primo ha venduto pochissimo.

Effettivamente, la sua canzone scelta come singolo è davvero bella, immediata, sincera.
«Allevi, prepara un arrangiamento per archi per quella canzone» mi dice un giorno Lorenzo in tono perentorio, nella sua veste di produttore.
Mentre tutti vanno a cena, finalmente resto un po' da solo. Siamo una decina di persone e viviamo nella stessa casa, a stretto contatto. Non ci sono neppure donne a ingentilire l'atmosfera. Mi ritrovo a tu per tu col mio computer, a confrontarmi di nuovo con una vera partitura.
La canzone è molto semplice, basterebbero solo pochi accordi tenuti. Ma ripenso alle infinite possibilità timbriche e strutturali del quartetto d'archi, all'estrema complessità di un linguaggio che, fuori dalle aule del conservatorio, sembra non poter più esistere. Sospiro.
Anche Peu è rimasto e mi si avvicina riconoscente, perché vede che sto lavorando per lui e ho rinunciato alla cena. Cerca di dirmi una cosa molto bella, che in realtà mi spinge sempre più sul bordo del baratro.
«Giovanni, ho capito che sei bravo, che hai studiato

composizione al conservatorio. Se puoi, per la mia canzone, non fare il solito arrangiamento, con i soliti quattro accordi tenuti. Fai sentire che gli archi ci sono, crea un dialogo tra me e i violini, usa una ritmica e una timbrica innovativa.»

Un invito a nozze, un ritorno a casa!

Lavoro come in preda alla follia per tutta la notte. Modulazioni di passaggio, contrappunti, cromatismi, armonici flautati, ritmiche sincopate, suoni grattati al ponticello. È un'occasione per me, anche solo simbolicamente, di permettere a tutto un mondo classico contemporaneo, a disposizione soltanto di un'élite di intenditori, di entrare in un circuito di grande divulgazione. Sono al colmo dell'entusiasmo.

All'alba il mio arrangiamento è finito. Forse è difficile da suonare? Che importa! E poi, se la canzone diventa di successo, tutti diranno: «Ma che fanno gli archi? Sono interessanti».

Attendo con trepidazione il giorno della registrazione, per sentire dal vivo ciò che è ancora solo nella mia testa. Prima di raccontare il seguito disastroso, voglio precisare che, comunque, rifarei tutto, perché ora so con certezza che se non fossi passato per quel tragico giorno, oggi non ci sarebbe *Evolution*.

Mi presento in studio con le partiture in mano, agitandole nell'aria: «Il professore ha partorito il suo capolavoro» dico a tutti sbarazzino, mentre gli altri scuotono la testa, ma aspettano. Sì, mi aspettano al varco e io tutto contento mi sto buttando da solo nella trappola.

Arrivano quattro giovani studenti dal vicino conservatorio di Perugia: due violinisti, un violista e una violoncellista. A loro non sembra vero essere lì, nello studio di Jovanotti, a registrare. Li accolgo come se fossi il padrone di casa e sono davvero felice di vedere finalmente dei miei «simili».

Ancora una mezz'ora di attesa, poi finalmente sentirò la mia musica. Loro sistemano i leggii e i microfoni, mentre distribuisco le parti. Subito capisco dai loro sguardi sbigottiti che non si aspettavano una musica tanto difficile da suonare.

«Forza ragazzi! Forse è un po' complicata, ma piano piano facciamo tutto» cerco di incoraggiarli.

Intanto tutta la band si è riunita nello studio, non solo per vedere da vicino gli strumentisti classici, ma soprattutto per ascoltare che cosa ha concepito «il professore».
I ragazzi, tremanti, iniziano a suonare a prima vista i miei passaggi musicali. Il suono è stridulo: è tutto così difficile, anche solo a livello individuale, che l'insieme risulta impossibile. Tentiamo una, due, tre volte, ma niente da fare. Accidenti, sono in difficoltà per colpa mia. Ce la stanno mettendo tutta, ma ciò che chiedo loro è troppo difficile da eseguire subito davanti a un microfono. Divento rosso dalla vergogna e persino i ragazzi sono sgomenti, perché non si sentono all'altezza della situazione. Mi ripeto che quei suoni appartengono alla tradizione della musica contemporanea: Ligeti, Stockhausen, Penderecki o Maderna sono infatti punti di riferimento chiari e indiscutibili, ma in questo momento sembrano lontani anni luce. Ascolto in sottofondo i commenti impietosi bisbigliati dagli altri della band: «Bravo il professore, davvero bravo!», «Senti che musica celestiale», «Ma questo, dov'è che ha studiato?».

Dopo tre penosissime ore di inutili tentativi, tutti a casa: non se ne fa più niente. Lorenzo, giustamente stranito, paga i ragazzi per il disturbo. Mi sento anche in colpa per i soldi che ha dovuto spendere. Per me solo vergogna allo stato puro. E non finisce qui: un tizio della produzione mi manda a dire che anch'io posso fare i bagagli. Già.
Un errore imperdonabile il mio, una mancanza di conoscenza dei «tempi produttivi» di un quartetto d'archi, per accompagnare una canzone pop, nonostante la mia enciclopedica competenza teorica. La mia non voluta ostentazione ha creato il terreno, ed eccomi sbalzato fuori da un meccanismo spietato, con le mie stesse mani. Nulla da eccepire.
Se non che il mio arrangiamento era bellissimo, davvero! Contrappunti, strappate ritmiche, setosi flautati, qualcosa di mai sentito prima in un contesto pop. Se solo avessero saputo suonare quelle note, se ci fosse stato il tempo, maledizione! Se avessi conosciuto prima quei ragazzi, se avessi dato loro la possibilità di studiarsi le parti a casa, e vederci noi da soli, con calma. Ma le cose sono andate così: bisogna

produrre e se non sei produttivo, se non offri ciò che ti viene chiesto, accomodati, quella è la porta.

La sera stessa, verso le venti, salgo su una macchina che mi accompagna alla stazione. Poco prima di partire, Lorenzo si avvicina al finestrino. Prova a dire una cosa anche poetica, se vogliamo.

«Io non avevo bisogno di fiori colorati, volevo solo un imbianchino.»

«Ma allora dovevi chiamare un imbianchino, non un pittore» mi lascio sfuggire.

Il quintetto

Viaggio in treno per tutta la notte ed è un travaglio. Sono stato licenziato: io, diplomato col massimo dei voti in composizione, non sono stato in grado di lavorare a una canzone pop.
Immagino fin troppo bene il brutto meccanismo della fama al contrario: in pochi giorni la notizia di quanto è accaduto farà il giro di tutto l'ambiente discografico e nessuno mi chiamerà per lavorare. Più di una volta ripercorro con la mente la catena degli eventi, cercando di ritrovarne il senso, ma sono così stanco che non ne vengo a capo. Mi sento davvero scoraggiato.
Per fortuna una scuola media di Milano mi chiama per una supplenza come insegnante di sostegno. E come sempre accade, proprio quando il buio sem-

bra più fitto, ecco nascere un'idea. La prossima volta, semmai ci sarà, porterò in studio un mio gruppo di archi! Sì, un gruppo di ragazzi bravissimi che vogliono crescere con me.
Decido di andare nel mio conservatorio a Milano per mettere un annuncio in bacheca: «Si cercano due violini, una viola, un violoncello e un contrabbasso». Per? Be', non lo so, poi si vedrà! Lascerò intanto il mio numero per contattarmi. Tempo un paio di giorni e mi chiama Lucio, il mio amico contrabbassista, marchigiano come me. Gli avevo già raccontato tutto e desidera unirsi all'impresa.
Nel giro di una settimana mettiamo in piedi un quintetto di archi. Sono tre ragazze e due ragazzi, tutti suoi conoscenti, giovani e persino carini. Ma quello che più conta è che anche loro, come me, hanno voglia di provare qualcosa di nuovo e ci mettono tutta la passione.
Riesco addirittura a trovare un locale che ci ospita un giorno alla settimana per le prove, il Buddha Soul. A Walter, il gestore, non sembra vero che un quintetto d'archi «decori» il suo spazio eventi.

Il posto è incantevole: grandissimo e illuminato da luce soffusa, ha un arredamento in stile orientale e sul fondo campeggia un'enorme testa bronzea del Buddha. È un ritrovo molto alla moda e la sera viene affittato per feste e mostre d'arte. Ci gira un sacco di gente «strana»: addirittura un quintetto d'archi che fa le prove con un certo Giovanni Allevi.
Ci ritroviamo regolarmente per diversi mesi, una o due volte alla settimana. Sinceramente non so perché quei cinque ragazzi mi vogliano così bene. Forse perché siamo tutti sognatori. Inizio a scrivere per loro tantissima musica.
Walter si affeziona talmente a noi che ogni tanto al termine delle prove ci fa trovare qualcosa da mangiare e ci promette che prima o poi debutteremo in concerto proprio lì, anche per darci modo di ricambiare la sua ospitalità. Nei mesi più freddi, ci porta addirittura la bombola del gas col fungo, per scaldarci le dita, e il tè caldo alla cannella. Suman, un ragazzo indiano davvero gentile, ci prepara spesso fantastici rigatoni al sugo. Tutto sembra meraviglioso.

Che palestra, che laboratorio per tutti noi! Ci facciamo pure le foto, ci scegliamo un nome: il Gas Group, che sta per «Giovanni Allevi string group». Sogniamo.
Ogni tanto viene invitato a sentirci qualche discografico che, al termine della nostra esibizione, ci riempie di complimenti e se ne va. Walter, che conosce l'ambiente e ha avuto anche esperienze internazionali, da «uomo di mondo» qual è, ci avverte: la nostra è una musica nuova che in Italia ha poche possibilità. Qui va meglio la canzone, o magari la «world music» che è tanto di moda. Per incoraggiarci, ci presenta dei suoi amici musicisti afroamericani che suonano lo jambè, e alcuni importanti dj, ma io non cerco la contaminazione, e andiamo dritti per la nostra strada.
Un po' per questi riscontri poco incoraggianti, un po' per le difficoltà oggettive, nonostante la nostra buona volontà, il gruppo non decolla. Finché si tratta di provare, siamo tutti concentrati sulle note; quando invece dobbiamo mettere la testa fuori, iniziano i problemi, e perché no, anche le paure. Dove

andiamo a suonare? Che musica è la nostra? Suoniamo amplificati? Chi ci amplifica?
Tra l'altro, ognuno di noi ha i propri esami e altri impegni. Nessuno, però, mi ha mai dimostrato il minimo segno di insofferenza e delusione, devo riconoscerlo.
Proprio poco prima di sciogliere quella che per me è stata una delle più interessanti esperienze musicali della mia vita, un'esibizione comunque riusciamo a farla. Porto il mio quintetto nella scuola dove lavoro come supplente per il concerto di fine anno, dove ci accompagnano anche un percussionista classico e un'arpista. Guardo i miei amici e penso che siamo proprio belli, questo è fuori discussione!
Non so cosa abbiano capito i ragazzi della nostra esecuzione: una musica non intuitiva, solo strumentale, eseguita all'aperto con gli archi non amplificati era forse troppo difficile per loro.
Eppure ricordo grandi applausi di incoraggiamento. A dir la verità, ricordo anche che nel pieno del concerto, una mamma è venuta ad annunciare ad alta voce che il buffet era pronto, e metà del pubblico si

è precipitata a mangiare, mentre stavamo ancora suonando. Pazienza.
Ancora oggi qualche mio ex alunno che ha assistito allo spettacolo, mi scrive: «Prof, ma cosa era quella musica che avete suonato a scuola?».
Vogliamo rispondere? Il concerto si apriva con un brano minimale per pianoforte e archi, e a seguire tanti altri brani, per soli archi, con arpa e percussioni. Tra tutti, uno brillava per vivacità e simpatia: *Whisper*.
Ogni membro del Gas Group è andato per la sua strada e a distanza di anni ho perso le tracce di alcuni di loro. Lucio invece lo sento spesso.
Sono davvero molto riconoscente per la passione che mi hanno regalato in quel lontano 2002. Poiché ogni artista ha diritto a un applauso, il minimo che posso fare per ringraziarli è ricordare i nomi dei miei compagni di avventura: sono Lucio al contrabbasso, Silvia e Cristina al violino, Martina al violoncello, Fabietto alla viola, Eric alle percussioni e Federica all'arpa.
Hanno tenuto a battesimo, anche se ancora non lo

sapevo, il primo abbozzo del mio progetto musicale più ambizioso: *Evolution*.

Grazie ragazzi!

Il giudizio

Ho quasi quarant'anni, trentanove per l'esattezza. Si direbbe di me che sono una persona matura, eppure uno dei primi pensieri che ho avuto dopo la registrazione di *Evolution* è stato: «Devo farlo ascoltare a mio padre».

Volevo il suo giudizio, ho cercato una rassicurante conferma nelle sue parole. In cucina, nella casa dei miei ad Ascoli, c'è lo stereo. Sì, dove le altre famiglie tengono la televisione, loro hanno lo stereo. La Musica è più importante.

Eccoci seduti al tavolo, io e mio padre, un vero genio musicale, uno dei più profondi conoscitori del sinfonismo classico che abbia mai incontrato. Uno che ha detto che vuole essere seppellito con la

partitura del *Tristano e Isotta* di Wagner, aperta sulla pagina del «Duetto d'amore».
Mio padre per anni ha passato ore e ore a trascrivere per banda le più importanti opere sinfoniche: da Wagner, Mahler, Bruckner, Richard Strauss, Orff, Stravinskij. Conosce a memoria interi passaggi e le diverse interpretazioni dei più grandi direttori. Si è immerso nell'approfondita conoscenza della tessitura armonica e della strumentazione orchestrale e, ne sono convinto, più per la grande passione che nutre per la musica, che per il suo lavoro.
Per me è un'autorità assoluta.
Con *Evolution* entro nel suo campo, nelle sonorità classiche che lui ama, anche se c'è una ritmica troppo attuale per i suoi gusti. Non ci diciamo una parola per tutto l'ascolto. È serio, osserva immobile lo stereo. Ogni tanto si gratta la testa: brutto segno. Arriva l'ultimo accordo di *300 anelli*. Restiamo con lo sguardo fisso. Non resisto e rompo il silenzio con un timido «Allora?», anche se dentro di me una voce ripete con insistenza che non dovrei mai offrire il fianco. Si è grattato la testa, so già che non gli è piaciuto,

eppure lo incoraggio, da vero masochista, a dare forma al suo pensiero. Non capisco per quale assurdo motivo, nonostante i miei quarant'anni, sono qui a chiedere cosa ne pensa mio padre, eppure per me il suo giudizio conta più di quello di qualunque critico musicale.
Medita a lungo e tra le tante cose che poteva dire, ne sceglie con cura una che ancora mi lascia sbigottito.
«Quando torni a Milano, vai a lezione di direzione d'orchestra, così hai un titolo per poter dirigere.»
Che significa? Non posso crederci.
Con tono premuroso e paternalistico, si spiega meglio: «Magari iscriviti di nuovo al conservatorio, oppure vai a lezione da qualche grande direttore d'orchestra».
«Babbo, ma che dici? A parte il fatto che i dieci anni di studio della composizione che ho fatto mi sembrano abbastanza, direzione d'orchestra sono sette anni, ma voglio dire... registrare un disco con un'orchestra sinfonica, quanti direttori l'hanno fatto? Magari vado a prendere lezione da uno che ne sa meno di me. E poi, babbo, questo è tutto quello che

hai da dire? E la parte compositiva del lavoro? Insomma è musica nuova! Gli elementi ritmici hip hop, gli impasti, le associazioni timbriche. È la mia musica. Dovevo dirigerla io, non c'erano alternative: dalla mia testa all'orchestra.»
«Sì, va bene, è bella ma vai a studiare!» mi ripete. Si alza e se ne va, grattandosi di nuovo la testa.

Direbbe Kant che non possiamo esimerci dal giudizio estetico, qualunque cosa sia davanti ai nostri occhi. È vero. Ma è possibile che io debba sempre fare i conti con il giudizio degli altri? Riparto per Milano più stranito che mai e mi ripeto: «Se sei un artista, sii sempre convinto di ciò che fai e non chiedere mai un parere sulla tua opera, neanche alle persone che ti sono vicine, perché nessuno è nella tua testa e nel tuo cuore». Non bisogna permettere ad altri di sindacare sulle proprie scelte. Tu componi spremendo la tua anima con tutta la passione, attraverso un processo artistico e di studio durato anni, poi ingenuamente, speranzoso, lo mostri a una persona che, comodamente seduta nella sua poltrona,

dopo qualche minuto esprime un suo giudizio sommario e soggettivo, per tentare inutilmente di sintetizzare il tuo mondo in poche frasi. È un compito troppo grande per chiunque.
Il bello dell'Arte sta proprio nella possibilità di esprimersi in totale libertà. Ogni artista regala la propria visione del mondo. Che senso ha giudicarne le scelte? Anche il critico musicale non deve giudicare, ma solo svelare, cioè dare ad altri la possibilità di capire l'opera. Credo che sia questo il suo grande ruolo, ma spesso lo dimentica. Si lascia tentare dall'esprimere un parere personale, indugia sulle proprie conoscenze e tralascia di commentare l'opera cui si riferisce. Per non parlare del particolare tipo di critico che da artista frustrato gode a stroncare colui che, a suo parere, gli ha rubato un posto nella «storia».
Mi spiego meglio. Un pittore impiega anni per realizzare il suo quadro e dopo una lunga riflessione decide di mettere macchie azzurre, magari proprio ai bordi, sulla sinistra, che quasi escono dalla tela, perché per lui questo disegno e questa disposizione

racchiudono tutta la sua esperienza artistica ed espressiva.
Poi arriva un estraneo, getta uno sguardo all'opera e dice al pittore: «Non erano meglio delle belle macchie verdi qui al centro?».
Ma tu guarda! Se lui ha fatto le macchie azzurre, e non verdi, un motivo ci sarà.
Se tutti gli artisti della stessa corrente fanno le macchie verdi, mentre lui va per la sua strada, non significa che è meno importante degli altri, o che non corrisponde ai canoni predefiniti da qualche Accademia. Giudicare un'opera d'arte è un gesto di grande superbia, perché equivale a mettersi sullo stesso piano dell'artista. Ma in tal caso, se ti piacciono le macchie verdi, vai al negozio, compri i pennelli, la tela, il colore verde, e realizzi il tuo quadro. Per quale motivo non lo hai fatto? Ah, non ne sei capace? Non sei un pittore? Mi sto già scaldando... cambiamo discorso.

Il giorno della prima esecuzione di *Evolution*, sul sagrato della Basilica di San Francesco di Assisi, mi

arriva un sms di mia madre: «Viene il babbo a sentirti».
Mi sale il sangue alla testa e la chiamo subito: «Viene a controllare se ho bisogno di ripetizioni di direzione? Deve grattarsi la testa e ha bisogno di un motivo valido per farlo?».
«Non dire così, è solo preoccupato.»
«Preoccupato? E di cosa? Io invece sono tranquillissimo, va! Ci sono giornalisti e televisioni da tutto il mondo, una passeggiata.»
«È preoccupato perché ti stai esponendo, lui soffre per le critiche che ti muovono.»
«E ci aggiunge le sue, così mi abituo» rido.
Sono sfinito prima del concerto. Per tutto il giorno ho due telecamere della Rai puntate addosso che mi seguono ovunque ogni minuto, e registrano da un microfono che ho piazzato sul petto le mie parole. Aprendo la porta del bagno mi rivolgo ai cameramen: «Volete seguirmi pure qui?». E se incontro qualcuno, lo metto subito in guardia: «Attenti a quello che dite! Oggi sono un uomo mediatico».
Si aggiunge anche la passeggiata dentro la Basilica.

Mi fa da guida il Custode, la massima autorità dei francescani di tutto il mondo. Sempre sotto l'occhio implacabile delle telecamere, mi spiega Giotto.
All'improvviso mi pone una domanda inaspettata: «Allevi, lei è credente?».
Chiesto così a bruciapelo davanti allo sguardo della televisione, mi sembra quasi una trappola. «Be', sì, comunque sono un peccatore...» rispondo imbarazzato.
«In fondo, chi non lo è?» dice saggiamente il Custode alzando un dito.
«Anche lei?» lo fisso inarcando le sopracciglia.
Non si aspettava la mia ingenua quanto ardita risposta e resta immobile a guardarmi, spiazzato.
Poi mi dà una pacca sulla spalla, sorride e nei suoi occhi vedo uno sguardo di sorpresa ammirazione. Mi prende sottobraccio e procediamo.
«Venga Giovanni, le faccio vedere una cosa, che penso la riguardi molto da vicino.»
Mi conduce di fronte a un affresco di Giotto. Rappresenta il giovane Francesco che va da Papa Innocenzo III a presentare il nuovo ordine da lui

fondato, per avere la benedizione e l'approvazione della regola. Una interpretazione dell'affresco vuole che al fianco del Papa ci siano gli anziani che osservano Francesco con disprezzo e scetticismo, mentre i giovani, dallo sguardo incantato e pieno di stupore, si stringono intorno alla figura del santo.

«Vede Allevi, quando il nuovo avanza, fa sempre paura, soprattutto se è nella forma della semplicità, da tutti riconoscibile.»

Con tutta umiltà, provo a rapportare le sue parole alla mia storia, e mentre risuonano nella mia testa, mi sollevano e nello stesso tempo mi avvisano di ciò che mi aspetta.

THE SRBD LTD-EST
ORRIGSTOWN N.CARO
NATIONALHYDROJET T

Il concerto di Assisi

Il pubblico freme. C'è nell'aria un'elettricità diffusa, lo sento. Inizio il concerto con venti minuti di pianoforte solo. Gli applausi sono brevi e intensi, l'attesa cresce spasmodica per ciò che sta per arrivare. Al termine di un applauso, appena prima che io rimetta le mani sulla tastiera, in quei secondi di silenzio sospeso, irrompe la voce di un giovane che da lontano grida: «Sei energia pura!».
Anche l'applauso che segue *L'orologio degli dei* non è davvero conclusivo. Tutti stanno aspettando l'entrata dell'orchestra, tutti vogliono ascoltare *Evolution*. È il debutto! E sia!
Dopo *Jazzmatic* torno dietro il palco. Entrano i musicisti, si sistemano, si accordano. Rientro in scena, ma questa volta ho in mano la bacchetta del

In *Evolution* sento, percepisco una profonda umanità... Un'umanità che è la tua, così spontanea e autentica, ma che è anche la mia e quella di ognuno di noi. Giorgia

*

direttore d'orchestra. Parte un applauso impaziente, come se il pubblico volesse dirmi che è ora di interrompere i preparativi e arrivare finalmente al sodo. Lo percepisco chiaramente, credo di avere un certo istinto per cogliere l'atmosfera che aleggia davanti al palco. Curvo in avanti, sul podio del direttore, emetto strani versi, biascico qualcosa. Sì, sono un animale adesso, e voglio incitare il branco alla battaglia. Quanti saranno lì davanti ad ascoltarci? Una folla. Poi mi giro ancora verso il pubblico e sorrido indifeso. Ancora un attimo, un secondo. Non respiro.

Attacchiamo *Whisper* a velocità folle. Pensavo che suonare più veloce quando sono emozionato fosse solo un mio difetto, invece tutta l'orchestra ha il battito cardiaco accelerato.
Nei pizzicati centrali per poco non mandiamo tutto per aria! I musicisti sembrano posseduti, indemoniati. Arriva la lettera O della partitura mentale (perché dirigo a memoria), che ci porta inesorabilmente al finale. Ecco gli ultimi accordi strappati in fortissimo.
Un secondo di attesa.
Bum: un boato.

Sì, ricordo un vero e proprio boato, un'esplosione liberatoria. Un applauso così forte, così intenso da lasciarci tutti sbigottiti. Un urlo.
Provo addirittura un senso di gelosia nei confronti dell'orchestra, tanto che dico ai violini: «Ehi, ma l'applauso è più forte di quello che hanno fatto a me quando ho suonato da solo!». Devo avere una strana espressione, confuso da mille emozioni. Ma in fondo stanno applaudendo la mia musica.
Subito dimentico questo stupido pensiero. Che bell'applauso.
Che strano essere di spalle al pubblico.
Il resto del concerto è gioia pura.
Appena finito, scendo dal palco e proprio in fondo alla scaletta c'è lui, mio padre, ad attendermi. Ci abbracciamo forte, senza dirci una parola. Poi mentre si allontana mi grida sorridendo: «Hai diretto benissimo!».

"Quando il nuovo avanza,
fa sempre paura,
soprattutto se è nella
forma della semplicità,
da tutti riconoscibile."

"Io so solo suonare il pianoforte
e comporre musica, nient'altro.
Cosa potrei fare altrimenti?"

Dietro le quinte

La preparazione di *Evolution*

Non mi sono mai sentito così in imbarazzo, mi sembra che il mondo si sia capovolto. Mancano pochi mesi alla registrazione del disco e sono nella sala riunioni della casa discografica. Quanti siamo! Ci sono i discografici, lo staff del web, i responsabili della comunicazione stampa, quelli che si occuperanno della tv, gli organizzatori del tour, i grafici che seguiranno la copertina e i manifesti, il produttore, la manager. In tutto una quindicina di persone. Sul grande tavolo ci sono fogli pieni di grafici, date, scadenze, interviste. Sono attonito.
È meraviglioso: tanti talenti che si intersecano per la realizzazione del mio sogno artistico. C'è praticamente tutto, già organizzato e previsto nei minimi particolari.

Ognuno spiega e relaziona con precisione la propria strategia, ma nessuno si accorge che sono sempre più silenzioso e che mi sto torcendo sulla sedia per l'angoscia.
Perché? C'è tutto tranne il disco e al momento la musica di cui si parla è solo nella mia testa. Trascriverla su partitura per orchestra sinfonica sarà un lavoro lungo e faticoso, che dovrò fare in pieno Allevilive, il mio tour di pianoforte solo. E poi bisogna registrarla.

Ho solo quattordici anni e ora la mia vita mi appare sfocata tra i progetti del futuro, ma tu e la tua Strega capricciosa siete in grado di farmi intravedere l'infinita bellezza dell'attesa. Alessandra

Sì, è vero, la musica è lì, chiara e definita in tutte le sue sfumature, ad aspettare di entrare nell'esistenza, ma ci vorranno impegno e dedizione per portarla nel mondo Devo trascriverla su una partitura completa e poi estrarne le parti singole per tutti gli orchestrali. Un'operazione certosina, noiosa. Spero che il futuro mi riservi progressi scientifici tali da potermi permettere prima o poi un download mentale direttamente su un hard-disk esterno!
Ma intanto chi glielo spiega a queste persone che

sono paralizzato dalla paura e dai tempi così stretti? Certo, l'ho chiesto io. Un bel giorno me ne sono uscito con «Ho già in mente tutta la musica del nuovo album. Quando la registriamo?».
E così ora è già fissata la data di uscita di un album che ancora non esiste! Si avanzano ipotesi sulla copertina, si parla di un importante concerto di presentazione, ma se fuori di qui dovessi sbattere le testa o avere un'amnesia, cosa succederebbe? Meglio non pensarci!
Tutto sembra sottosopra. Tante volte in passato ho vissuto la stessa riunione, ma al contrario. C'era un cd sul tavolo e io cercavo di stimolare e incoraggiare le persone a credere nel mio progetto. Peccato che di solito non mi dessero ascolto.
Ora è partita una macchina a cento all'ora e a me non resta che correre. Mentre tutti parlano e raccontano, mi ritrovo perso tra le mie paure.
«Giovanni, cosa ne pensi?»
«Ah, sì, benissimo!»
Mi odio quando faccio così, quando implodo per non deludere le aspettative altrui.

I giorni e i mesi a seguire rischio di diventare matto. Il tour di pianoforte solo è serratissimo, quasi un concerto al giorno e ogni sera ci sono più di mille persone ad attendermi. Esperienza entusiasmante, che toglie però ogni energia.
Tutti i giorni, appena fatta colazione in hotel, apro il portatile e inizio a lavorare sulle trascrizioni per orchestra sinfonica.
Per fortuna ho ripassato nella mente tutti i brani centinaia di volte, e so già con certezza cosa deve suonare ogni strumento. Per esigenze di velocità non mi soffermo sulle legature e metto solo le indicazioni di dinamica più importanti. In realtà dovrei puntualizzare anche le arcate per i violini, cioè se voglio che le note siano suonate con la punta o il tallone dell'archetto, perché questo cambia l'interpretazione e sicuramente alle prove me lo chiederanno. È un lavoro troppo meticoloso che non ho proprio il tempo di svolgere. Per fortuna la prassi esecutiva vuole che sia il primo violino a decidere per tutti le arcate. Un pensiero in meno.
Ho fatto espressa richiesta allo staff di viaggiare pre-

feribilmente in treno per poter lavorare al computer durante gli spostamenti. Scrivo musica anche nel pomeriggio appena arrivato in hotel fino al momento della prova del pianoforte intorno alle 18:30. Poi basta però. Perché c'è il rischio reale che la musica per orchestra vada a interferire con l'esecuzione dei brani al pianoforte durante il concerto. Non so come ho fatto a non impazzire.

Dall'alto piombano su di me tre scadenze: la consegna delle parti ai professori d'orchestra, la prima prova con l'orchestra a Verona, durante un giorno di sosta del tour, e i quattro giorni di registrazione dell'album durante un'altra pausa di Allevilive. Un delirio!

Una sera, mentre firmavo gli autografi, una ragazzina mi ha chiesto una dedica. Con suo grande stupore, le ho risposto: «Sì, certo, ma il corno è importante, soprattutto in *300 anelli*. E poi il movimento del basso di *A perfect day*, nella ripresa, deve essere rinforzato dai fagotti e dalla tuba. La tuba non può fare quelle melodie, vanno semplificate. Ecco! Userò due fagotti, uno per le melodie soliste, uno per rinforzare i contrabbassi e i violoncelli. E poi, cavolo! L'arpa non può andare nella prima parte di *300 anelli*: dove ci sono troppe modulazioni arriva il problema della pedalizzazione. Ci scommetto che nessuno saprà suonare la battuta 7 di *Keep moving*, con quella sua ritmica sincopata... Il Sol cade sull'ultimo sedicesimo della battuta, stai a vedere che lo suonano tutti in battere. Accidenti... Ah, sì, l'autografo, scusami. Vuoi il pupazzetto?».

La ragazzina con gli occhi spalancati annuisce: «Sì, Giovanni, se lo dici tu...».

Un bel giorno, anzi sarebbe meglio dire nel pieno della notte visto che erano le 2:30, riesco a mandare via e-mail le parti all'orchestra. È solo l'inizio, ma decido comunque di esultare con un bel sorriso. Mi concedo anche mezzo bicchiere di vino rosso, con lo zucchero e il ghiaccio. Ovviamente non riesco a dormire.

Il 14 aprile 2008 è fissata la prima prova con I Virtuosi Italiani, nella Sala Maffeiana di Verona, sul cui palco si è esibito persino Mozart. Mi sembra un bel precedente.

"Siamo tutti sognatori."

Durante le prove sono nervoso, e nonostante i miei sorrisi rassicuranti, non posso evitare di trasmettere ai musicisti tutta la mia tensione. Ogni brano presenta un problema costante: manca l'amalgama. Abbiamo tutti gli ingredienti, i più puri e raffinati, ma la torta non riesce.

Alla grande responsabilità si unisce un altro inconveniente non trascurabile: devo rapportarmi umanamente con quaranta persone che non conosco e impartire loro direttive in modo deciso e autoritario. Proprio il contrario del mio carattere.

Dirigere una grande orchestra è molto più complicato di quanto possa sembrare. Il movimento deve essere in anticipo sulle note, perché dall'indicazione della bacchetta all'emissione del suono da parte dell'esecutore passa un breve istante. Quindi il «mio» tempo deve anticipare quello degli altri. Se invece andassi in perfetta sincronia con i musicisti, come verrebbe naturale, l'orchestra inizierebbe a rallentare e il brano «si siederebbe».

Serve una pausa. Ho un mal di testa spaventoso. Guardo gli strumentisti: ragazzi, ragazze, adulti.

Non li conosco, ma quante ne passeremo insieme. Mi sembra il primo giorno di scuola al liceo. Penso per un attimo che loro stanno combattendo per me, che il loro impegno non è affatto scontato. Ognuno ha studiato una vita intera per essere qui a onorare le mie note col proprio talento. Che senso ha il mio mal di testa e la tensione? Dovrei fare salti di gioia ed essere riconoscente dell'attenzione che mi dedicano. Stiamo eseguendo *Evolution* per la prima volta, questo è meraviglioso!
Riprendiamo la prova e ogni tanto una piccola luce si accende. Le diverse sezioni si intersecano negli incastri ritmici e l'orologio inizia a girare, i musicisti prendono coscienza delle reciproche parti e melodie, le energie e i volumi si armonizzano. Vedo sorrisi, archetti battuti sul leggio in segno di approvazione: credo di averli conquistati.
Scopro di avere un approccio maieutico alla direzione: non impongo le cose, ma lascio che siano i musicisti a esprimere, gradatamente e con coscienza, la musicalità insita nelle mie note. Diventano così protagonisti, e non sottomessi alla visione schiacciante e

inevitabile del direttore. Per me l'unica autorità è la Musica e mi faccio volentieri da parte quando vedo che viene rispettata.

Finita la prova alcuni si avvicinano. I contrabbassi sembrano contentissimi: i passaggi musicali che la mia partitura li costringe ad affrontare sono assolutamente insoliti per la scrittura orchestrale, e svolgono il ruolo di autentica colonna portante e di motore ritmico.

Anche il percussionista fa un commento interessante. Mi spiega che in genere i compositori contemporanei mettono in mostra nel loro organico una gran quantità di strumenti a percussione: campane tubolari, tamburi di ogni tipo, marimbe, vibrafoni, oggettini e fischietti vari. Qui invece ci sono solo un paio di timpani, un piatto sospeso e un Glockenspiel: più che uno sfoggio timbrico, si sente che la logica musicale governa le percussioni. Insomma, è contento pure lui.

Il fagottista aggiunge divertito: «Giovanni, ma che hai combinato! In genere ci tocca suonare cose impossibili che alla fine non capisce nessuno; qui

*

Ancora ho la tua musica al mio fianco, la stessa che ascoltavo quando stavo male, e che a malincuore credevo non sarei più riuscita ad ascoltare. Paola

invece sembra tutto facile, eppure non ne veniamo a capo! Gli incastri ritmici sono micidiali».
Si avvicina anche l'arpista. Questa volta l'anticipo io: «Sì, lo so, la pedalizzazione».
E lei: «Già, la pedalizzazione».
Per pigrizia, se così la posso chiamare, non l'ho indicata. Sarebbe invece un gesto di cortesia e grande utilità per l'arpista trovarla visualizzata sullo spartito, ma non ho avuto tempo di segnalarla. Però sono tranquillo, sono stato attento. Se non si conosce la

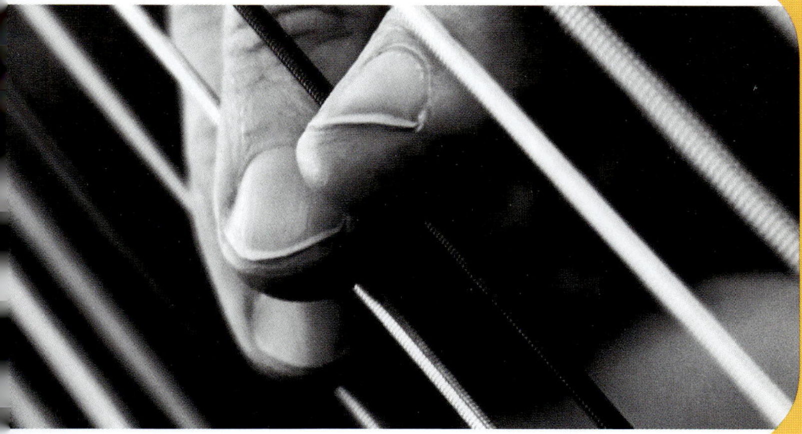

tecnica costruttiva dell'arpa, si rischia di scrivere andamenti melodici apparentemente facili che di fatto sono ineseguibili, a causa delle alterazioni derivanti dai cambi dei pedali! Uno strumento affascinante, l'arpa, e molto più complesso di quanto non si immagini.

STEINWAY & SONS
CIAMPI

“Ogni artista ha diritto
a un
applauso.”

“Solo quando suono il pianoforte,
non so per quale miracolo,
il buio mi abbandona,
e io parlo con gli angeli.”

"La musica è lì, chiara e definita
n tutte le sue sfumature,
d **aspettare** di entrare
nell'esistenza."

La registrazione di *Evolution*

Lo sforzo organizzativo che ha permesso la registrazione di *Evolution* merita un applauso: un orologio perfetto. Per la credibilità che ormai abbiamo raggiunto possiamo permetterci di registrare nei più importanti studi del mondo e vantarci come molti altri artisti mettendo una bella etichetta: «Registrato allo studio X di New York» o «Mixato allo studio Y di Los Angeles».

Invece la scelta cade sul Teatro Gentile di Fabriano.

«Cosa? Perché il teatro di Fabriano?» chiede qualcuno.

«Perché ha straordinarie onde di ritorno, in fase.»

«Prego?»

«In parole povere, possiede un'acustica naturale

praticamente perfetta a detta dei più qualificati fonici. Il giudizio è unanime. Ogni volta che su quel palco vengono emessi suoni, rimbalzano sulle pareti dei palchetti e tornano indietro senza interferenze. È un autentico capolavoro di ingegneria acustica.»
Noi non dobbiamo fare i fighi, a noi non interessa dire che siamo stati a New York. Noi vogliamo il suono migliore possibile, perché solo così arriva l'emozione. E se il suono migliore è a Fabriano, andiamo a Fabriano a prendercelo. Registrare in un luogo con l'acustica perfetta non è un fatto secondario: significa dare ai musicisti la possibilità di ascoltarsi mentre suonano e all'ascoltatore un suono puro, umano e coinvolgente.
La notte prima il paese è spazzato da un vento fortissimo, che fischia e fa tremare i palazzi. Non riesco a dormire, e nemmeno il fonico, per lo stesso motivo: e se tutto questo rumore si sentisse all'interno del teatro? Potrebbe rovinare la registrazione. Ma abbiamo solo quattro giorni per portarla a termine. O adesso o mai più.
A mezzogiorno dell'indomani le nuvole lasciano

spazio al cielo azzurro e il vento si placa. Possiamo registrare. Sembra proprio che qualcuno lassù ci segua. Il tempo si mantiene bellissimo per tutto il periodo della registrazione, tranne il pomeriggio dell'ultimo giorno, in cui qualche nuvoletta grigia e minacciosa inizia ad addensarsi nel cielo. Sembra fatto apposta ma è tutto vero: appena suonato l'ultimo accordo, ma proprio l'ultimo, scoppia un fragoroso tuono che si sente fin dentro al teatro, e tutta l'orchestra si abbandona a una risata liberatoria. Sembra proprio esserci una regia dall'alto.

A proposito di meteo: per tutto il tour estivo, negli oltre venticinque concerti all'aperto, abbiamo avuto ogni volta il cielo sereno, nonostante il cattivo tempo imperversasse qua e là in Italia. Come dire: piove, poi arriviamo noi, portiamo il sole, facciamo il concerto, ce ne andiamo e ricomincia a piovere. Sempre così tranne che a Piazzola sul Brenta. Quel pomeriggio una tromba d'aria ha spazzato via tutto: sedie, palco, strumentazioni. Passato l'attimo di sgomento, è nata inevitabile la battuta: «Stasera concerto per tromba d'aria e orchestra!».

Semplicemente me stesso

I creativi sono in fibrillazione. Che copertina dare a un album con orchestra sinfonica che si intitolerà *Evolution*? Si susseguono le riunioni in cui loro propongono ipotesi bizzarre e fantasiose. La prima idea che viene in mente è l'evoluzione della specie e la famosa successione di silhouette che vanno dalla scimmia all'uomo eretto. Desta molto scalpore l'idea di riproporre la stessa scena partendo da un Giovanni curvo sulla tastiera del pianoforte fino a un altro me dritto e fiero con la bacchetta da direttore d'orchestra. Come dire: dall'intelligenza non ancora sviluppata della scimmia-pianista fino alla massima espressione dell'arte musicale. Non mi sembra un bel complimento!

* Ciao Giovanni io sono contenta perché vengo al tuo concerto e ti ho visto anche nel cidì. Un bacio da Alice, sette anni

Ci sono in ballo anche altre ipotesi: un Giovanni nello spazio e un Giovanni sul filo dell'equilibrista. Io sono concentrato sulla registrazione dell'album e avendo un solo neurone (meno di quanti ne abbia una scimmia), non ho la forza di arginare l'impeto artistico dei creativi a briglia sciolta. Per ottimizzare i tempi viene allestito un set fotografico direttamente nel foyer del Teatro di Fabriano. Faccio appena in tempo a sciacquarmi il viso subito dopo la registrazione, che mi trovo davanti l'obiettivo della macchi-

na, mentre sono ancora in stato semiconfusionale. I creativi mi danno rapidamente ordini: «Allora Giovanni, piegati in avanti». Come la scimmia? penso io. Loro continuano: «Poi ti sollevi fiero e fai finta di essere sul filo dell'equilibrista».
«Ma cado veramente! Non mi reggo in piedi.»
«Dai, allarga le braccia, così» insistono.
Finalmente torno in me. Penso a Carlo Crivelli, il mio pittore preferito della seconda metà del Quattrocento, e alla bellezza statica dei suoi soggetti religiosi.

Nessuno disegna le mani come lui.
«No, fermi tutti, fermi un attimo! Io sono sempre e semplicemente *io*, hic et nunc. Fatemi una foto così, con questa maglietta e questa bacchetta. Dovete cogliere come mi sento adesso. Un ultimo suggerimento: che le mani siano protagoniste, come nel Crivelli.»
È bastato un solo scatto. Col senno di poi, quella foto sembra racchiudere magicamente una miriade di significati: lo stupore incantato che anima il volto, diviso in due parti dalla bacchetta, che rappresenta la presenza dell'orchestra. Una parte del viso illuminata, quella infantile, e l'altra più in ombra, piena di paure. La mano destra chiusa come se fosse intenta a scrivere la musica tenendo una penna, a ricordare il compositore, la sinistra aperta a richiamare il pianista. Una semplice maglietta nera a maniche corte per scardinare il cliché del direttore d'orchestra. Uno sguardo serio e meravigliato, felice e tragico. Un po' lo specchio di questo nostro tempo, in fondo.

Qualche giorno dopo, quando la copertina è pronta,

qualcuno mi fa notare che sotto l'occhio sinistro c'è una brutta occhiaia molto vistosa e che la si potrebbe togliere col fotoritocco.

«Assolutamente no. Deve restare lì, a testimoniare tutta la stanchezza, lo sfinimento, e perché no, l'esaurimento nervoso che mi ha procurato questo album.»

*

Quello che noi viviamo, la bellezza delle cose che riusciamo a condividere tra noi ragazzi lo dobbiamo a te, al tuo modo straordinario con cui ci hai insegnato a essere speciali nella nostra normalità. Loredana

“Come sempre accade,
proprio quando il buio
sembra più fitto,
ecco nascere un’idea.”

Un po' di megalomania

Dopo l'estenuante lavoro di registrazione a Fabriano, di editing a Bologna assieme a Max e Cristiano, eccomi al mastering a Milano, l'ultimo elemento della «filiera», per usare una metafora da produzione industriale. Nel mastering viene messo a punto il suono finale, il «volume sonoro» che arriverà alle orecchie dell'ascoltatore. Se si è lavorato bene nei passaggi precedenti, in quest'ultima fase occorrono pochi ritocchi. Infatti al suono originario non viene aggiunto nulla, nessun filtro digitale o riverbero artificiale. Altri due giorni di lavoro, e finalmente Claudio, alla consolle del mastering, fa il suo ultimo clic sul mouse del computer: *Evolution* è terminato e pronto per uscire nel mondo. I tecnici e gli amici

dello staff esultano, io invece resto assorto e mi commuovo, immobile per qualche minuto.
Poi mi alzo, apro la pesante porta schermata della camera anecoica, vado al mio zainetto, e dalla tasca davanti estraggo il cellulare. Mando un sms a Riccardo, il produttore, l'amico di tante battaglie. Il 6 maggio 2008, alle 18:12, gli scrivo: «Da questo esatto momento, la musica classica non sarà più la stessa».
Certo, l'espressione è forte, sicuramente megalomane, ma un artista deve esserlo: deve sentirsi un visionario e pensare sempre di impegnarsi in qualcosa di grande e di sconvolgente, altrimenti è meglio rinunciare.
Io sono umile per natura, animato da un sincero e incantato stupore per le cose, per il mondo e soprattutto per le persone, che sono un mistero insondabile. Ogni individuo è uno scrigno di gioielli, di forze segrete e potenzialità spaventose. Ma per un attimo ho messo da parte la mia umiltà e ho reso giustizia all'enorme sforzo creativo e tecnico che è dietro *Evolution*. Sarà un cataclisma, lo so. Dividerà i critici, creerà spaccature e discussioni, da alcuni sarà irriso, da altri amato alla follia, ma senza dubbio sarà

un segnale forte e univoco, qualcosa di mai sentito prima in maniera così diretta. *Evolution* entra nel campo della musica classica, nel linguaggio colto sinfonico, e avrà uno straordinario seguito di pubblico. Questo lo renderà un lavoro scomodo per l'élite conservatrice, che farà di tutto prima per ignorarlo, poi per ridimensionarne lo spessore artistico. Devo prepararmi agli attacchi, perché questa volta ho portato una ventata di novità da tanti, troppi punti di vista.

Entriamo nella storia o sarà soltanto una bolla di sapone? Ancora non lo so, ma intanto qui abbiamo provocato un cataclisma.

Non devo spaventarmi. La banalità non crea discussione ma noia e indifferenza, io invece ho trovato la semplicità: la complessità risolta. E chi vuole confondere la strada e opporsi alla semplicità, non farà che confermare che l'idea è quella giusta! Se ci sono critiche e discussioni, significa che almeno c'è tanto valore in gioco.

Ma in fondo cos'è la musica classica se non quel linguaggio colto che fa uso della notazione scritta?

Dopo il diploma credo che sceglierò composizione per diventare brava come te. Questo è il mio sogno. Valeria

Proprio perché il linguaggio è scritto può esprimersi e spiegarsi nel tempo in forme più complesse, rispetto alla semplice alternanza strofa-ritornello di una canzone pop. Questo indipendentemente dal contenuto, che può essere dissonante come nella dodecafonia, o semplicissimo come nell'esperienza minimalista degli anni Settanta.

Ho sentito la necessità di scrivere e affermare una nuova musica classica contemporanea, che prenda le distanze dalle correnti precedenti già consolidate

e recuperi un'inedita sensibilità europea. Questo lavoro porterà alla ribalta una figura ormai completamente sconosciuta all'immaginario collettivo: il compositore puro. Nel nostro tempo siamo abituati a pensare al compositore solo in relazione alle colonne sonore dei film. Ma io voglio che la mia musica, la mia Strega capricciosa, non faccia da sottofondo a niente e a nessuno, perché possiede la forza strutturale per essere indipendente da qualunque elemento extramusicale. È finita anche l'era

della contaminazione. A me non interessa mettere una batteria sotto l'orchestra per creare una commistione di generi e stili, operazione tanto in voga negli anni Settanta e Ottanta; voglio che l'orchestra sinfonica classica conquisti il presente con le sole forze di strumento acustico complesso, senza alcun intervento di elementi che non appartengano alla tradizione. Come può questa musica dimostrarsi moderna e conquistare il cuore dei giovani? È necessario affidare agli strumenti dell'orchestra una ritmica che sia la cifra della contemporaneità, quella ritmica che può essere concepita solo nel nostro tempo e che i grandi compositori del passato non potevano immaginare. La storia torna sui propri passi ma a ogni giro della spirale si arricchisce di altri elementi. Per questo ci sarà sempre una musica nuova, generata non da drastiche rivoluzioni, ma da morbide evoluzioni a partire da ciò che è stato e ciò che è intorno. L'ultimo feticcio da abbattere è la vecchia idea di Adorno, per cui ciò che è complesso e incomprensibile è di valore superiore, mentre ciò che è semplice e accessibile a tutti è popolare nell'accezione più

* Grazie per avermi portato ancora di più sulla strada della musica. Non mi pentirò mai di aver seguito il mio cuore. Salutami la tua Strega capricciosa. Ilaria

negativa del termine e quindi di livello inferiore. È un'idea cara soprattutto ai sostenitori di quell'arte che rifiuta il confronto con la realtà e si nasconde dietro giustificazioni pseudofilosofiche. Purtroppo l'Adorno che è dentro ognuno di noi non è mai completamente morto e per questo so che dovrò lottare per difendere la mia musica dagli attacchi dei difensori della poetica del Novecento.

Io invece affermo che una musica semplice, in quanto complessità risolta, sebbene sia da tutti riconosci-

bile, non rinnega affatto la sua origine colta. Questo è l'insegnamento che raccolgo da qualunque grande compositore del passato, di qualunque epoca. La musica classica è sempre stata popolare, perché parla al cuore dell'umanità, non soltanto alla cerchia ristretta degli addetti ai lavori. Voglio allora che la musica contemporanea torni tra la gente, proponendo una profonda via d'accesso al mondo di oggi e non si esaurisca nella ripetizione ossessiva di stilemi ormai stratificati nell'accademismo. È ora di voltare pagina.

Quasi sempre, al termine del concerto durante l'Evolution Tour, il pubblico ci ha ricompensati con il gesto più bello che si possa mai ricevere dal palco: la standing ovation. C'è qualcosa di indiscutibile in quel gesto meraviglioso, un abbraccio fisico, una dichiarazione d'amore incondizionato. Allora, con gli occhi appannati dal sudore e dalle lacrime di gioia, mi faccio da parte e lascio che il pubblico e l'orchestra restino qualche minuto ad amarsi, con sguardi e sorrisi. Spesso accade che gli orchestrali (basta con questi «professori d'orchestra»: il talento non ha bisogno di etichette) alzino in aria i propri strumenti di fronte a migliaia di persone nella platea festante. Io interpreto questo gesto come la riappropriazione di un posto e di un ruolo: «Io, violino, esisto. Io, flauto, io fagotto, sono tornato tra la gente, sono di nuovo socialmente riconoscibile. Il valore che tramando, la tradizione e lo studio che ho alle spalle, finalmente vengono di nuovo condivisi senza filtri intellettuali».

Il ragazzino che sta iniziando lo studio dell'oboe assiste al concerto di *Evolution* e vede il primo oboe acclamato come una rockstar. Che effetto avrà sulla sua mente un riconoscimento di valore così tangibile? Tornerà a impegnarsi con entusiasmo rinnovato, penserà che il suo sacrificio e la sua dedizione per la musica possono suscitare ancora interesse. Capirà che l'Italia non è solo il Paese di veline e calciatori. Ecco il cataclisma più grande: la musica classica si rinnova dall'interno, mantiene la propria logica e le proprie strutture formali, e torna a essere un valore riconosciuto dalla società, al di là dell'abito e del curriculum.

Io ho messo in moto tutto questo. Lasciatemelo dire: che grande!

"C'è qualcosa di indiscutibile
in quel gesto meraviglioso,
un abbraccio fisico,
una dichiarazione d'amore
incondizionato."

“Stregato dal primo applauso, non puoi più farne a meno.”

“Un applauso così forte, così intenso da lasciarci tutti sbigottiti.”

Il primo ascoltatore

Quando Claudio mi consegna la prima copia di *Evolution*, mi sento stremato. Ovviamente il master non ha ancora la copertina e sembra un normalissimo cd-rom. Ha un involucro di plastica bianca su cui sono stampati i titoli dei brani e la durata. Decido di concedermi un taxi per tornare a casa dallo studio di mastering.

La macchina bianca arriva dopo pochi minuti e io sprofondo nel sedile posteriore, senza più forze e sopraffatto dai pensieri. Il tassista è un signore anziano dai modi molto garbati. Emana quella gentilezza d'altri tempi davvero rara. Mi guarda dallo specchietto, capisce che sono assorto, ma con delicatezza mi chiede: «Lei è Giovanni Allevi? L'ho

* Sei la persona che sono io, una persona che senza musica non può vivere. Eva

riconosciuta. Devo confessarle che non ho mai ascoltato la sua musica».

«Non si preoccupi» gli rispondo sorridendo «non è obbligatorio.»

«Sono un appassionato di musica sinfonica» mi spiega. «Beethoven, Wagner, Mahler... Non seguo molto le diavolerie di oggi, mi capisce?» e mi regala un bellissimo sorriso.

«Senta, voglio farle una sorpresa» gli dico avvicinandomi al sedile. «Sono appena uscito dallo studio di

mastering e sto tornando a casa con questo cd. È il mio ultimo album, registrato con orchestra sinfonica. Non l'ha ascoltato ancora nessuno, nemmeno io. Che dice, facciamo una prima "esecuzione" mondiale? Ce l'ha il lettore cd in macchina?»

Lui è entusiasta e sorpreso. Prende il cd, lo inserisce, chiude i finestrini della macchina. Pochi secondi di attesa ed ecco le prime note di *Foglie di Beslan*. Durante il viaggio il mondo esterno sembra assumere un'altra luce, e la cruda frenesia della gente milanese, intenta a

correre, assume la veste dell'umanità che, tenera e fiera, affronta giorno per giorno il proprio destino.
La musica è a tutto volume. Non ci diciamo niente. La macchina spesso rallenta la sua corsa in risposta alla mia musica. Quasi fosse un film, il brano finisce esattamente nel momento in cui arriviamo sotto casa. Quando sfuma l'ultimo accordo, osservo il tassista attraverso lo specchietto. Ha le lacrime agli occhi e mi guarda senza dire niente. Gli sorrido. Lui estrae il cd e me lo consegna.
«Quant'è?» chiedo. «Mi fa gentilmente una ricevuta?»
«Non mi deve assolutamente nulla. L'emozione che mi ha regalato la sua musica è inestimabile. Mi permetta di ricambiare il regalo che mi ha fatto con questo viaggio in taxi.»
Resto senza parole. Non ci sono più il cliente e il tassista, ma Giovanni e una persona dall'animo grande, gentile e sensibile: cadono i ruoli. È il miglior primo ascolto che *Evolution* potesse avere.
«Posso almeno invitarla al mio concerto agli Arcimboldi? Ha un biglietto da visita?» Me lo dà, si chiama Adolfo. A Milano i tassisti sono straordinari.

“Ogni artista regala
la propria visione del
mondo.”

“Durante il viaggio
il mondo esterno
sembra assumere
un’altra luce.”

"Ciò che voglio
inseguire e conquistare
è la Musica."

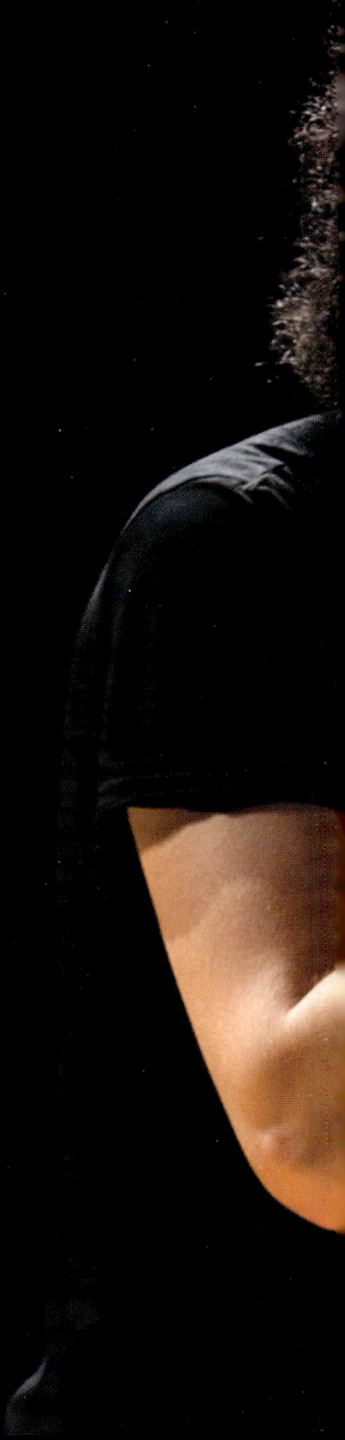

In viaggio

ZOOG A MUSIC
URBAN SOUNDTRACK

Direttore d'orchestra

Eccomi confinato sul quadrato del podio. Niente frac, niente partitura davanti. La musica mi scorre nella mente durante l'esecuzione, mi suggerisce la direzione. Tengo la bacchetta stretta tra le dita, molto stretta, fino a irrigidire i muscoli del braccio. Combatto furioso, come un condottiero con la sua armata.
Staccare il tempo, indicare le dinamiche, mostrare gli attacchi sono tutti aspetti esteriori ed evidenti che non mi preoccupano. Gli orchestrali sono abituati, sanno cosa fare. Ciò che voglio inseguire e conquistare è la Musica.
È una danza, un coinvolgimento totale, volto all'incitamento e all'espressione dell'intenzione musicale.

Dirigo col corpo, con le gambe, con i capelli, con lo sguardo; per questo non posso stare chiuso dentro il frac e non riesco a rimanere sul quadrato del podio. Dopo la titubanza iniziale dei primi concerti, supero il mio naturale pudore e decido di infrangere l'ultimo tabù: scendo dal podio per andare a dirigere da vicino i musicisti. Mi muovo come se fossi un invasato. Vado dai violini primi, poi mi giro verso i tromboni. Ecco i violini secondi sui pizzicati di *Keep moving*. Voglio portarli a sorridere! Appianate le

difficoltà tecniche, dobbiamo cercare solo la gioia della musica.
Le mani sono rivolte ai corni in una struggente contrazione nel tema di *Angelo ribelle*. Richiedo loro un suono di velluto, una carezza che deve essere morbida anche se proviene da uno strumento di metallo. Ora incito i violoncelli, poi esorto i contrabbassi, il vero motore della mia musica. Voglio vederli sudare in *A perfect day*. Hanno una ritmica complessa ma esaltante, incredibilmente hip hop. Se loro «non

spingono» dal basso, l'orchestra cambia mood, torna nel passato e lo stesso brano sembra essere stato scritto qualche decennio fa. La ritmica richiesta all'orchestra è indubbiamente la cifra più innovativa che posso rivendicare per la mia musica. Ma l'interpretazione della stessa è sostanziale ed è per questo che non ho potuto far altro che dirigerla io.

Tra i possibili significati della parola «erotismo» c'è quello di fusione di sguardi e intenti. Allora dirigere l'orchestra è senz'altro un gesto erotico. Mi capita spesso di guardare intensamente negli occhi i musicisti durante l'esecuzione, un gesto che nella vita reale è sicuramente sconveniente, ma in questa occasione è inevitabile. Se invece il brano è particolarmente intimo, come *Corale*, non ne sono capace, è troppo per me e sono costretto a dirigere con gli occhi chiusi. In quel momento è bellissimo ricostruire la mappa mentale delle onde sonore, lo spazio interiore su cui poggiano le emozioni.
Il mio sforzo sta nell'interpellare il musicista, portarlo così a dare il massimo delle sue possibilità, fino al

sudore. Ogni mezzo è lecito: l'espressione del volto, il gesto energico, sorrisi o denti digrignati. E il canto: certo, perché ciò che conta è la mia pulsazione. Dopo più di venti concerti, con l'esecuzione degli stessi brani, l'orchestra finisce per imparare a memoria le note, le dinamiche, gli equilibri, ma non la pulsazione ritmica, che è l'essenza più segreta e profonda del linguaggio.

Come spiegarlo a parole? È il modo assolutamente personale di far susseguire le note, farle durare nel tempo e volare via, attraverso un incedere più o meno rubato, più o meno fluttuante. La mia è una pulsazione lineare e tesa, che raggiunge il massimo dell'intensità solo quando è il momento: quello e non un altro; ogni esplosione è preparata. Per questo canto sempre durante la direzione, e la voce è il punto di riferimento del mio gesto con la bacchetta. Dopo diverse esecuzioni, può accadere che l'orchestra vada «in automatico» e non mi guardi più. Me ne accorgo istintivamente, è una questione di intuizione. Allora costringo i musicisti a tornare a me, tenendo più lunga una corona, pretendendo un

Mi chiamo Camilla, ho nove anni e mezzo e sono una tua ammiratrice. Come te porto gli occhiali e adoro suonare il pianoforte. Ho scoperto che prima di ogni concerto mangi una fetta di torta al cioccolato e fai bene! Anche la mia maestra dice sempre: «Si suona a pancia piena».

piano improvviso là dove non c'è. Cambio le carte in tavola e induco gli orchestrali a prestarmi nuovamente attenzione. Voglio vederli tesi in ogni fibra del loro corpo: ogni nota deve essere suonata con un'intenzione travolgente.

Non nasco direttore d'orchestra, ma in un progetto simile, che consiste nella registrazione della mia musica sinfonica e in un tour di concerti, non posso farne a meno. Chi più di me sa come l'orchestra deve suonare la mia musica? Chi più di me sa cosa

sta suonando? Per questo ho dovuto vincere la mia paura e sono salito sul podio. Mi rispettano, lo sento. Non è semplicemente una questione di educazione o di professionalità. È proprio il naturale rispetto che il musicista nutre per il compositore del brano che sta eseguendo.

Il rapporto umano con i musicisti è delicato. Deve scattare un innamoramento reciproco, e quando c'è, l'unico modo per preservarlo è evitare qualunque contatto fuori dal palco. Una volta scrissi sul mio

"È la mia musica.
Dovevo dirigerla io,
non c'erano alternative."

sito una frase che avevo letto da qualche parte: «Le relazioni deboli sono le più forti». Niente di più vero nel caso del direttore d'orchestra. Nonostante la tournée sia durata diversi mesi, compresa la registrazione, credo di aver parlato con quattro o cinque musicisti per non più di mezz'ora. Per quanto mi riguarda, le qualità morali di un orchestrale sono totalmente ininfluenti: ciò che conta è la passione con cui si esprime sul palco. Voglio che, come me, non dorma la notte per ciò che fa, e suoni ogni nota come se fosse l'ultima, che sia feroce e totale in ogni suo gesto.

“Ci sarà sempre
musica nuova.”

pizz.
ord.
2
F
ord
ff
f
G
mf
p

Là fuori

Sono attonito, concentrato. Viaggio in continuazione. Scorrono davanti ai miei occhi stazioni, alberi, strade, autogrill, hotel. Sono sempre in movimento, eppure è come se fossi immobile, perché la mente è ferma lì, sulla partitura immaginaria.

Quella fotocopiata è nello zainetto, assieme alla bacchetta che è nell'involucro di plastica. Con loro, il prodotto per i capelli, il tagliaunghie, il passaporto, il computer, le magliette e i pantaloni. Nulla più. Non parlo mai. Mi affido ai ragazzi dello staff, ci pensano loro a dire e a spiegare. Io mi chiudo in me stesso, implodo.

Mi Si Do# La Fa# Si Fa# Sol# Sol# La*b* Mi*b* Fa Re*b* Si*b* Sol Re Mi Do La Fa# Sol Fa Mi Do La Fa Re Sol

Sol Do. La Musica mi assorbe totalmente, risuona sempre dentro di me. Oltre a seguirla nelle linee melodiche, ora la visualizzo anche attraverso i volti degli orchestrali, ognuno col proprio strumento, durante l'esecuzione. È come se facessi continuamente le prove nella mia testa, appuntando mentalmente le correzioni, i passaggi a cui dare maggiore enfasi, un tempo da staccare più deciso, un pianissimo che più piano non si può al centro di *Corale*. Di fatto trascorro l'intero tempo del tour come se fossi in trance, in compagnia della mia amata Strega, in una voluta e inevitabile solitudine, interrotta dal boato festante di migliaia di persone.
Ho le gambe e i polpacci perennemente tesi, e durante i giorni di pausa l'ansia raggiunge livelli altissimi, ai limiti del panico. So di essere in balia di forze esterne, ataviche, forze cosmiche che da sempre si abbattono su chi sceglie di vivere senza riparo. Mi lascio attraversare da esse, e quando non ce la faccio a sostenerle, le mischio alle note, che iniziano a volare sulla loro spinta, come se l'Angelo ribelle dovesse lottare contro un vento impazzito. È proprio vero che aggrapparmi a quelle note spazza via i

legacci della mia quotidianità. Sarà per questo che la gente si avvicina alla mia musica? Durante i viaggi, i ragazzi dello staff mi proteggono da tutto. Sanno che sono vulnerabile, fragile, sanno che allo stato attuale enfatizzerei qualunque paura o discorso, anche un accenno buttato lì per caso. Non ho più con me il cellulare, non leggo le mail e non consulto internet, per non incappare nelle parole aggressive di qualche detrattore, perché ora non posso permettermelo.
Solo durante il concerto mi trasformo e sono pervaso per tutto il tempo da una gioia incontenibile. Lì c'è l'esplosione che giustifica il mio silenzio, la pienezza che fa da contraltare al mio incedere schivo e silenzioso. Non c'è mai una sola nota che non sia suonata col massimo della passione, non un applauso che non sia pieno e denso di calore. Bisogna buttarci il cuore e scegliere una vita pericolosa, anche se c'è il rischio di non riuscire a dire una parola per un giorno intero.

«Giovanni, questo è il camerino.»
«Grazie.»

Il mio sogno? Sfiorare i tasti del tuo pianoforte e poi sfiorare quelli del mio nella speranza che un po' di magia arrivi anche tra le mie dita. Clara

Mi siedo in un angolo e da lì non mi muovo. È un prefabbricato, con una sedia di plastica, un ventilatore, e sul tavolo un po' d'uva, qualche dolce, della pizza. Fuori è già una festa: i ragazzi dell'orchestra girano per il backstage ridendo e scherzando. Suonano, studiano. Eseguono anche quartetti, trii, elementi musicali di altri progetti. C'è euforia nell'aria, mentre le persone del pubblico raggiungono gli spalti.
La musica batte nelle mie tempie, adesso più che mai, ma questo accade anche quando fisso il paesaggio dal finestrino di un treno. Se entro in un taxi, chiedo che la radio venga spenta, e faccio lo stesso quando sono in un ristorante con la musica di sottofondo.
Ripensando a tutto questo, in un attimo di lucidità, capisco. Il mio mondo interiore, che la Strega monopolizza, ha preso il sopravvento su tutto. Non esiste più distinzione tra «qua dentro» e «là fuori», il primo ha assorbito tutta l'attenzione. Con la differenza che mentre il mondo esterno è in continuo cambiamento, la mia coscienza interiore è aggredita da pensieri ricorrenti, dagli stessi ricordi, e dai passaggi orchestrali che chiedono di essere continua-

mente ripassati. Ogni tanto arriva qualche frammento nuovo, inaspettato, che mi chiede quando avrò il tempo di svilupparlo.
Sono a Torino, nella Reggia di Venaria Reale. Decido di uscire dal camerino. Manca più di un'ora all'inizio del concerto. Dietro il palco si stende un immenso prato verde e l'erba sale fino al polpaccio. Cammino, mi allontano. Mi avventuro alla ricerca di non so cosa, ancora non mi è chiaro. Sono solo in un mare verde, silenzioso e senza vento, ma la musica nella mia mente non mi dà tregua. Scelgo un punto e mi siedo a terra, tra l'erba alta. Chiudo gli occhi e dopo pochi secondi li riapro. Ora so cosa sto cercando.
Inizio a osservare un filo d'erba, lo fisso dalla radice allo stelo. Lascio che il suo colore verde assorba totalmente la mia attenzione. Poi un altro e un altro ancora. C'è una formica che percorre la foglia, ne seguo il movimento. Un ragno cammina sulla terra secca e spaccata. Sento l'odore dell'erba. Tocco col polpastrello la polvere, la saggio tra le dita. Ecco, la mia percezione si allarga, e recupero il «là fuori». Il presente, questo attimo, la particella solida che io sacrifico nell'impeto dell'onda musicale.

Ecco cosa sto cercando: voglio riportare l'equilibrio tra il mondo interiore e quello esterno. Respiro. L'aria ha un suo sapore. Inizio a ricordare, a capire perché sono qui, cosa sto facendo. Sì, le migliaia di persone, gli applausi, i sorrisi e gli autografi. Quanta umanità, quanto calore scatenato dalla mia Strega capricciosa. Giro la polvere tra le dita, mi concentro il più possibile ad ascoltarla. Sono solo. Io e un mondo che mi ignora, fatto di formiche, ragni, vento leggero della sera. Per un attimo il «là fuori» prende il sopravvento e io non ho più identità. Niente progetti, niente passato, niente giudizi. Respiro. Solo un eterno e magico presente, di cui io sono una parte insignificante. Niente responsabilità. Respiro piano. Non ho merito, non ho colpa, non sono quello là. Sono questo prato verde, questa polvere sulle dita, questo respiro lieve.
I sensi si affinano, soprattutto l'udito, e quello che sembra un prato silenzioso è un sistema intricato di rumori, di insetti che camminano e ronzano, di foglie che sibilano. Non c'è una regia come nel linguaggio musicale.
Resto un attimo sospeso tra il tutto e il nulla. Levo gli occhiali e guardo lo specchio azzurro del cielo.

Mi annullo, mi arrendo al mondo e resto così per un tempo indefinito.
Poi sento un clic, un suono artificiale, e vedo tra il verde, lontano da me, un fotografo nascosto che sta rubando la mia solitudine, e ancora più lontano gruppi di persone, probabilmente fan, che si sono accorti della mia presenza, e mi guardano aspettando che torni.
Dal nulla che ero, sono costretto a essere di nuovo Giovanni Allevi, col mio ruolo, i miei progetti, le mie aspettative e i miei doveri. Mi alzo intorpidito.
Cosa è meglio?
Lentamente raggiungo le persone, sono soprattutto ragazzi e ragazze. Mi parlano con dolcezza, mi sorridono. Non c'è dubbio, è meglio stare con loro, accettare le conseguenze di una vita in balia della Strega, restando storditi e implosi a ripassare centinaia di volte uno stesso passaggio musicale, mentre il mondo intorno scorre. È meglio essere così come si è, seguire la propria natura, accettare le conseguenze delle scelte, anche se fanno paura o se generano realtà troppo belle per essere comprese.
Sto qui con loro, ma ho ancora la polvere sulle dita.

"È meglio essere così come si è,
seguire la propria natura."

“Bisogna buttarci il cuore
e scegliere una vita pericolosa.”

I superpoteri

Ho ricevuto una mail che mi ha molto stupito: «Caro Giovanni, secondo me tu hai i "superpoteri"! E sai che ti dico? Credo di averceli anch'io, anche se sono un giovane ingegnere elettronico. Volevo chiederti: non hai paura di perderli da un giorno all'altro?».

A parte il fatto che la risposta è no, è bellissimo che i giovani, seguendo il mio esempio, scoprano le proprie potenzialità e acquisiscano un rapporto magico con l'esistenza. Sono felice che proprio loro ricomincino a parlare di superpoteri, di fiducia nel futuro, di pace e creatività.

Anch'io credo di avere i superpoteri, o meglio ce li ha Lei, la Strega capricciosa che da sempre mi

segue, imponendo voluttuosa i suoi dettami. Come posso dubitare che non sia così davanti allo spettacolo del pubblico dell'Evolution Tour? Ogni sera un incontro amoroso: lassù c'è la Musica che, attraverso l'orchestra, invade le persone strette attorno a noi. Sono migliaia, ma ognuno è un mondo, un universo. Attraverso le loro emozioni la mia musica vive. Si fa un giro nel mondo di quaggiù.

La musica, l'orchestra, il pubblico, e io lì in mezzo resto a guardare, mi faccio da parte. Sono loro i pro-

Ogni giorno faccio partire uno dei tuoi dischi e la mia piccola stanza si stacca da questo mondo e viene trasportata nell'universo. Fabrizio

*

tagonisti. I miei fan… anzi no, ho già detto che non mi piace chiamarli così. Le persone, diciamo gli extraterrestri, vivono il mio concerto come l'incontro con le proprie emozioni più profonde.
Molti sanno cosa siano l'ansia e il panico, e quindi trovano slancio nell'abbandonare per un po' il pensiero razionale, quella voce insistente che richiama al dovere, alla storia personale, agli errori, al ruolo nella società e agli impegni futuri, per immergersi finalmente nella magica dimensione dell'attimo infi-

*

Mentre suonavi non sentivo più la tua musica, ma la mia musica: fatta apposta per me, che mi entrava nell'anima e mi faceva sentire unica e indispensabile. Ada

nito, del non pensare, dell'abbandono alla musica. Sì, perché liberato dalle gabbie del pensiero, l'attimo è infinito. È una boccata d'aria fresca. Lì non c'è più il giudizio impietoso su noi stessi, sugli sbagli che tutti abbiamo commesso. Non c'è una perfezione a cui dobbiamo commisurarci perché siamo noi stessi la perfezione! E più saremo fragili, indifesi, ansiosi e tormentati, più sapremo aprirci all'attimo. Avere i superpoteri significa accogliere la magia dell'attimo e del non pensare. La nostra conoscenza

razionale, che divide il soggetto dall'oggetto, lascia il posto a una poetica fusione totale tra le nostre emozioni e il cosmo. Si diventa una cosa sola con ciò che ci circonda e con chi abbiamo davanti.
Ma c'è di più. Durante il mio concerto, i miei fan extraterrestri, viaggiano, scoprono altre persone, si innamorano, si baciano. E poi mi ringraziano (vorrei ben dire!), ma io sono solo un pretesto. Si organizzano su internet, viaggiano di notte o affittano stanze, vanno ospiti in casa di amici... Tutte iniziati-

ve che neppure io ho mai avuto il coraggio di prendere. Non sono diffidenti verso gli altri, non è fantastico?
E dopo il concerto c'è l'abbraccio, un abbraccio caldo e fisico. Mi concedo volentieri, perché in fondo me lo merito, se non altro per tutti gli anni di studio che ho dovuto affrontare. C'è affetto puro, amicizia. Per molti ragazzi e ragazze sono il fratello maggiore. È bello che sia così, non ho mai avuto l'indole del seduttore. Mi basta che amino la mia musica.
Incontro spesso tanti bambini e bambine.
«Come ti chiami?»
«Federico.»
«Quanti anni hai?»
«Sette.»
«Sei sposato?»
A questa domanda scoppiano sempre a ridere, e io la faccio apposta, per vedere il bambino allegro e sorpreso. Qualcuno mi risponde pure: «Ma che domande mi fai, io ho solo sette anni». Una meraviglia.
Ecco, questa è la mia risposta a tutti i critici e detrattori che vogliono ridimensionare ciò che stiamo

facendo. Le loro parole appaiono vane davanti allo spettacolo dell'umanità in festa, davanti a quel bambino col foglietto in mano per un autografo.
Si tengano i loro giudizi, io me ne sto assieme agli extraterrestri, e se questa è una follia collettiva destinata a esaurirsi, come si augurano, sono contento di esserci stato dentro quel tanto che basta per dire: «Io c'ero».

Non mi aspetto risposte ma mi piace pensare che prima o poi, magari quando avrai novant'anni e più tempo libero, tu riesca a leggere queste righe. Mari

“Liberato dalle gabbie del pensiero,
l’attimo è infinito.”

L'equazione di Schrödinger

Durante il tour ho scattato alcune foto col cellulare. Si può pensare che ne abbia fatte tantissime, magari per riprendere il pubblico, oppure i tecnici e ovviamente i musicisti. Niente di tutto ciò. Ne ho scattate sì e no una decina: un piattino con una pera cotta sopra durante una colazione in un albergo, il cielo azzurro il primo giorno d'estate, un gruppo di funghi nell'aiuola di un altro albergo, un autoscatto con l'espressione più stressata e ansiosa che abbia mai avuto, una mia mano appoggiata sulla sabbia in riva al mare. E una con l'equazione di Schrödinger.
Già. Ho ritrovato la copia della mia tesi di laurea *Il vuoto nella fisica contemporanea* in uno scatolone ad Ascoli e ho fotografato la pagina in cui figura la cele-

bre equazione (celebre almeno per gli esperti di meccanica quantistica), per poterla portare sempre con me.

Che cos'è? Indipendentemente dal fatto che Dio l'abbia creato o no, l'universo è un infinito campo elettromagnetico, ora impalpabile e pieno di energia come la luce, ora addensato e raggrumato nella materia. Il vuoto, in quanto nulla, non può esistere, perché il campo elettromagnetico è ovunque.

Dal vuoto energetico e dinamico possono emergere spontaneamente particelle di materia che, dopo un brevissimo lasso di tempo, tornano a essere «immateriali», secondo un processo detto «fluttuazione del vuoto».

L'universo descritto dalla fisica contemporanea è dunque pieno e finisce per assomigliare molto all'Essere di Parmenide, in cui l'Essere è, il non Essere non è.

Come un fenomeno fisico può essere spiegato da un modello matematico, anche il campo elettromagnetico universale può essere descritto da un'equazione. Appunto quella elaborata da Schrödinger, che descrive matematicamente l'intero universo. È

breve, si può portare comodamente in tasca. Avete mai pensato di avere l'universo in tasca?
Schrödinger mi è sempre stato simpatico. Era anche convinto che il suo gatto, per via di una conseguenza del principio di indeterminazione di Heisenberg, fosse vivo e morto contemporaneamente.
Durante il tour, nei momenti di grande emozione e riflessione, mi capita di scrivere l'equazione, magari sul vetro appannato del bagno di un hotel, oppure in riva al mare, sulla sabbia del bagnasciuga. Con cura, molto lentamente. Poi attendo che altro vapore o un'onda la cancelli. In quel momento mi sento felice, perché l'universo si è riappropriato del proprio mistero e annulla dolcemente la formula che tenta di spiegarlo, sezionarlo, analizzarlo.
Guardo l'equazione che tutto contiene e prevede, eppure continuo a non sapere nulla: chi sono, cosa farò, cosa sarà di me, il motivo di questa ansia asfissiante e quello della mia gioia improvvisa.
Il futuro non è nella spiegazione, ma è nell'incanto del non sapere. Davanti all'universo, alla musica, all'esistenza, semplicemente mi arrendo.

"Il futuro non è nella spiegazione,
ma nell'incanto del non sapere.
Davanti all'universo, alla musica,
all'esistenza, semplicemente
mi arrendo."

INDICE

Evolution

Dietro le quinte

In viaggio

Finito di stampare
nel mese di novembre 2008 presso
Errestampa, via Portico 27, 24050 Orio al Serio (BG)

Printed in Italy

NOTE

NOTE